AF329992

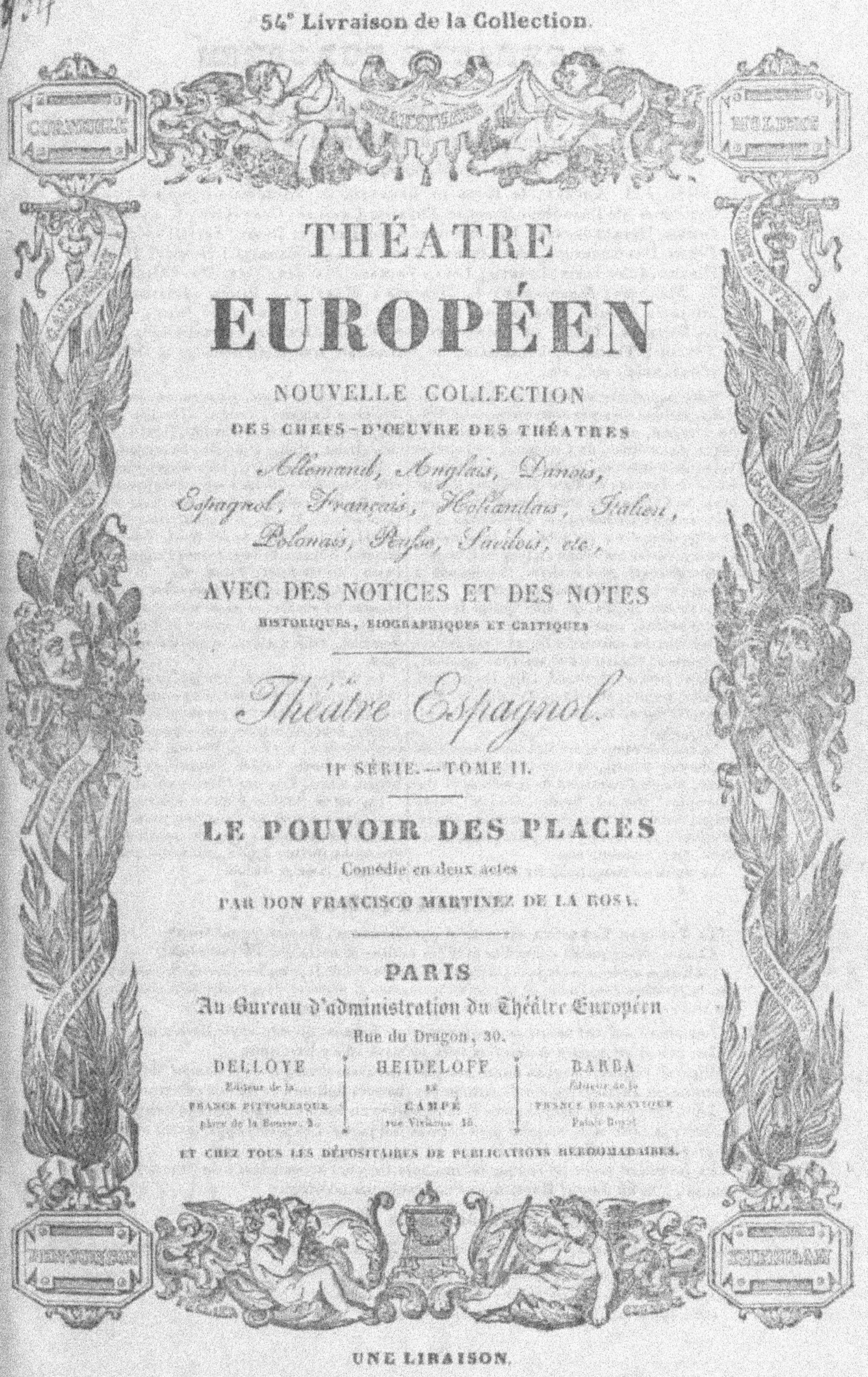

THÉATRE EUROPÉEN

NOUVELLE COLLECTION

DES CHEFS-D'ŒUVRE DES THÉATRES

Allemand, Anglais, Danois, Espagnol, Français, Hollandais, Italien, Polonais, Russe, Suédois, etc.,

AVEC DES NOTICES ET DES NOTES

HISTORIQUES, BIOGRAPHIQUES ET CRITIQUES

Théâtre Espagnol.

IIᵉ SÉRIE. — TOME II.

LE POUVOIR DES PLACES

Comédie en deux actes

PAR DON FRANCISCO MARTINEZ DE LA ROSA.

PARIS

Au Bureau d'administration du Théâtre Européen

Rue du Dragon, 30.

DELLOYE	HEIDELOFF	BARBA
Éditeur de la	ET	Éditeur de la
FRANCE PITTORESQUE	CAMPÉ	FRANCE DRAMATIQUE
place de la Bourse, 3.	rue Vivienne, 16	Palais Royal

ET CHEZ TOUS LES DÉPOSITAIRES DE PUBLICATIONS HEBDOMADAIRES.

UNE LIVRAISON.

LE THÉÂTRE EUROPÉEN

SE COMPOSERA

DE PLUS DE DEUX CENT CINQUANTE PIÈCES TRADUITES

Et accompagnées de Notices et de Notes

historiques, biographiques et critiques

Par MM. J.-J. AMPÈRE; le Baron DE BARANTE, de l'Académie française; BERR;
CAMPENON, de l'Académie française; Philarète CHASLES; CHATELAIN; L. CHODSKO;
COHEN; DEFAUCONPRET; DELATOUCHE; A. DE LATOUR; DENIS; Émile DESCHAMPS;
Ernest DESCLOZEAUX; Aléx. DUMAS; Léon GOZLAN; GUIZARD; GUIZOT; DAMAS-
HINARD; Jules JANIN; LEBRUN; LOÈVE VEIMARS; MAGNIN; SAINT-MARC GIRARDIN;
X. MARMIER; MENNECHET; P. MÉRIMÉE; MERVILLE; Prince MESTCHERSKY;
NISARD; Charles NODIER, de l'Académie française; Amédée PICHOT; Comte
DE RÉMUSAT; Comte DE SAINT-AULAIRE; Comte Alex. DE SAINT-PRIEST; Baron
TAYLOR; TROGNON; VILLEMAIN, de l'Académie française; Madame la Duchesse
D'ABRANTÈS, etc., etc.

Cette importante collection se divisera par écrit sous les Georges, jusqu'au moment de la révolution française, Fielding, Thomson, Murphy, Hughes, Foote, Goldsmith, Garrick, Colman, Home, Kelly, O'Keeffe, Bickerstaff.

écrits, divisés elles-mêmes en volumes. Le théâtre espagnol, *première* série, comprendra l'époque de Calderon, de Cervantes, de Lope de Vega, de Montalvan, de Moreto, de Rojas, de Solis, de Zamora, de Tirso de Molina, d'Alarcon, de Cubillo, de Cañizarex et autres auteurs de tragédies *fameuses*, de comédies et de saynètes dont il n'a pas même été fait mention dans la première traduction des théâtres étrangers; la *seconde* série, plus moderne, commencera à Moratin et finira à Martinez de la Rosa.

Et la *quatrième* enfin, plus moderne, commencera à Sheridan et finira à son homonyme Sheridan Knowles encore vivant; elle comprendra Cumberland, Morton, Reynolds, Holcroft, Inchbald, Tobin, Colman J.er, Shiel, Coleridge, Maturin, Milman, Bethos, Joanna Baillie, Croly, Payne, Walter Scott, Byron, etc.

Le théâtre anglais, qui offre quatre époques plus tranchées, aura *quatre* séries; la *première* comprendra les auteurs des règnes d'Élisabeth et de Jacques : Shakspeare et ses contemporains, Marlow, Decker, Heywood, Lilly, Green, Peel, Marston, Rowley, Middleton, Ben-Jonson, Massinger, Webster, Beaumont et Fletcher, Ford, Shirley, etc.

Dans le théâtre italien, la *première* série embrassera les vieilles pièces en remontant jusqu'à Machiavel; la *seconde*, l'époque de Goldoni; la *troisième*, celle d'Alfieri et de ses contemporains.

La *seconde* comprendra les auteurs des règnes des dernier Stuarts, de Guillaume et de la reine Anne, jusqu'à l'avénement de la maison de Hanovre : Lee, Howard, Dryden, Shadwell, Etheredge, Cibber, Vanbrugh, Congreve, Otway, Wycherley, Southerne, Lillo, Farquhar, Centlivre, Gay, Addison, etc.

Le théâtre allemand, quoique presque aussi riche que le théâtre anglais, n'aura que *deux* séries à cause des dates : la *première* comprendra Lessing, Schiller, et leurs contemporains; la *seconde* Goëthe, Kotzebue, Werner, Mullner, et l'époque actuelle, Grabb, Raupach, Grillparzer, Iffland, Kleist, Kœrner, Zimmerman, etc.

La *troisième* comprendra les auteurs qui ont Les autres théâtres n'auront chacun qu'une série, quoique nous ne manquions pas de pièces inédites pour compléter ce qu'on connaît déjà en France des théâtres danois, hollandais, polonais, portugais, russe et suédois

CONDITIONS.

Le THÉÂTRE EUROPÉEN est publié par livraisons, format grand in-8°.

Chaque pièce paraît *complète* avec les notices et notes qui s'y rattachent.

Les notices sur les auteurs seront toujours placées en tête de la *première* pièce de chaque auteur, non la première dans l'ordre de la mise en vente, mais la première dans l'ordre de la classification des séries et des volumes. — Les notices sur les pièces précéderont chaque pièce.

Les pièces qui ont moins de *quatre* actes ne forment qu'*une seule* livraison.

Les pièces en *quatre* et en *cinq* actes forment *deux* livraisons.

Il paraît régulièrement au moins *une* pièce, souvent *deux* pièces le *samedi* de chaque *semaine*, et alternativement de chacun des théâtres indiqués et de leurs diverses séries.

La couverture de chaque pièce et la *signature* au bas de chaque feuille, indiquent le *théâtre*, la *série* et le *volume* dont la pièce fait partie. Les pièces appartenant au même volume ont une pagination suivie.

La *première* pièce de chaque volume sera toujours accompagnée du *frontispice* du volume, à la fin duquel il sera donné une table des matières.

Prix de chaque livraison:

50 CENT. POUR PARIS; — 70 CENT. POUR LES DÉPART.; — 80 CENT. POUR L'ÉTRANGER.

On ne peut souscrire pour moins de *vingt-cinq* livraisons, payables d'avance aux prix ci-dessus. — Les souscripteurs sont servis à *domicile*.

On peut acquérir chaque pièce séparément.

THÉATRE

EUROPÉEN.

IMPRIMERIE DE E. DUVERGER,

4, RUE DE VERNEUIL.

THÉATRE EUROPÉEN

NOUVELLE COLLECTION

DES CHEFS-D'OEUVRE DES THÉATRES

ALLEMAND, ANGLAIS, ESPAGNOL,

DANOIS, FRANÇAIS, HOLLANDAIS, ITALIEN, POLONAIS,

RUSSE, SUÉDOIS, ETC.

AVEC DES NOTICES ET DES NOTES

HISTORIQUES, BIOGRAPHIQUES ET CRITIQUES

PAR MM.

J. J. AMPÈRE; AVENEL; le baron DE BARANTE, de l'Académie française; BERR; CAMPENON, de l'Académie française;
Philarète CHASLES; CHATELAIN; Alissan DE CHAZET; Léonard CHODSKO; COHEN; DEFAUCONPRET; DELATOUCHE;
A. DE LATOUR; DESIS; Émile DESCHAMPS; Ernest DESCLOZEAUX; Alexandre DUMAS; Paul DUPORT;
Léon GOZLAN; GUIZARD; GUIZOT; DAMAS-HINARD; Jules JANIN; LEBRUN; LOEVE-VEIMARS; MAGNIN;
SAINT-MARC GIRARDIN; X. MARMIER; MENNECHET; P. MÉRIMÉE; MERVILLE;
prince METSCHERSKY; Théod. MURET; NISARD; Charles NODIER, de l'Académie française; Amédée PICHOT;
comte DE RÉMUSAT; comte Jules DE RESSÉGUIER; comte DE SAINT-AULAIRE; Jules DE SAINT-FÉLIX;
comte Alexis DE SAINT-PRIEST; baron TAYLOR; TROGNON; VILLEMAIN, de l'Académie française;
Madame la duchesse D'ABRANTÈS; etc., etc.

Théâtre Espagnol.

DEUXIÈME SÉRIE.
TOME II.

PARIS

ED. GUÉRIN ET Cⁱᵉ, ÉDITEURS, RUE DU DRAGON, 30.

1855

LE
POUVOIR DES PLACES

(Lo que puede un Empleo)

COMÉDIE EN DEUX ACTES ET EN PROSE,

PAR DON FRANCISCO MARTINEZ DE LA ROSA.

REPRÉSENTÉE, SUR LE THÉATRE DE CADIX, LE 5 JUILLET 1812.

NOTICE SUR MARTINEZ DE LA ROSA.

Né à Grenade, Don Francisco Martinez de la Rosa était jeune encore, lorsque l'invasion de la Péninsule par les armées de Napoléon vint soulever contre nous toutes les intelligences et toutes les passions nobles et généreuses. Lors de la première convocation des Cortès, il fut appelé à faire partie de cette assemblée nationale, où il siégea jusqu'à sa dissolution. Au retour de Ferdinand sur ce trône qu'il devait aux héroïques efforts de la nation espagnole, Martinez de la Rosa fut du nombre des membres de cette assemblée que la stupide et royale ingratitude du prisonnier de Valençay fit condamner à l'exil et à la déportation. L'insurrection de l'île de Léon le trouva dans un de ces *presidios* d'Afrique, où le pouvoir absolu entassait pêle-mêle le crime et la vertu, la trahison et le patriotisme, la lâcheté et le courage; elle le rendit à la liberté, et le suffrage de ses concitoyens le renvoya de nouveau aux Cortès en 1820.

Ce fut alors que la même main qui avait signé sa condamnation aux galères signa sa nomination à l'un des ministères du nouveau cabinet. Réuni à quelques patriotes éclairés qui luttaient comme lui contre le mauvais vouloir du gouvernement de la Péninsule, il essaya d'y faire triompher une liberté sage, et d'y préparer les réformes qui, tôt ou tard, feront de l'Espagne un des États les plus prospères de l'Europe.

Lorsqu'en 1823 l'intervention française remit aux mains de Ferdinand le sceptre de l'absolutisme, Martinez de la Rosa, comme tant d'autres de ses illustres compatriotes, dut aller chercher hors d'Espagne le repos et la liberté. C'est à la France qu'il vint demander un asile, et c'est à Paris qu'il fixa son séjour. Rentré en Espagne à la mort de Ferdinand, il fut appelé, par la régente, au poste de premier ministre, qu'il quitta lorsqu'une fraction du cabinet se montra disposée à entamer des négociations avec don Carlos. Ainsi, c'est ce même homme d'état, auquel on reprochait naguère de marcher avec trop de témérité et de lenteur, qui refuse de consentir à un pas rétrograde, et qui renonce à son portefeuille plutôt que de donner son approbation à une mesure qui, suivant lui, doit rejeter le pays dans la réaction et le désordre.

Nous n'avions pas à juger ici Martinez de la Rosa comme homme politique, mais les combats qu'il a livrés pour la liberté, les malheurs qui l'ont frappé lorsqu'il luttait pour cette sainte cause, la pureté de son patriotisme et la modération de son caractère, ajoutent trop d'éclat à son mérite littéraire pour qu'il nous ait été permis de négliger de les rappeler avant de parler du poète et du prosateur.

De 1827 à 1830, Martinez de la Rosa publia à Paris une édition de ses œuvres[1] que nous ferons connaître par une rapide analyse.

La littérature espagnole manquait d'un ouvrage qui donnât à la fois la règle de sa poésie et les exemples de la composition, et

[1] 5 vol. in-12, chez Rosange père, rue Richelieu, n. 60.

Martinez de la Rosa, à l'imitation d'Horace et de Boileau, l'enrichit d'un *Art poétique* en six chants, dans lequel les principaux préceptes de l'art sont exposés en vers harmonieux qui les fixent aisément dans la mémoire du lecteur.

Saragosse est un poème conçu et exécuté au moment de l'héroïque défense de cette ville; il est empreint de ce fanatisme qui organisa la résistance en Espagne durant sept années, et qui lutta souvent avec succès contre les armées de Napoléon. Les Français, comme on le pense bien, y sont traités avec un peu d'exagération poétique et de jactance nationale; mais c'est encore là du patriotisme, et le patriotisme nous paraît honorable partout où il se trouve.

La Veuve de Padilla, tragédie, offre de nombreuses beautés de style; mais l'on peut lui reprocher avec quelque raison de manquer de cette puissance d'action qui est tout l'art dramatique, et de cette énergie de passion qui porte la terreur dans l'âme des spectateurs, et qui donne de la vie aux chefs-d'œuvre de la scène. Cet ouvrage fut représenté à Cadix, en juillet 1812, à la lueur des bombes françaises, sur un théâtre construit en bois, où se donnaient les représentations pendant le siège, le grand théâtre de la ville étant un des monuments les plus exposés aux chances du bombardement.

Après *la Veuve de Padilla* vient la *Nina en casa, y la Madre en mascara* (la Fille à la maison et la mère au bal masqué), comédie en trois actes et en vers, représentée sur le théâtre de Madrid en 1821. Cet ouvrage s'attaque, comme l'annonce son titre, à un vice qui est essentiellement du domaine de la comédie.

Le quatrième volume des œuvres de Martinez de la Rosa renferme une traduction de *l'épître d'Horace aux Pisons*, qui est encore un morceau de bonne littérature; *Morayma*, tragédie, dont le sujet est emprunté à l'histoire de la guerre civile de Grenade, et *OEdipe*, tragédie avec des chœurs, pompeuse imitation de Sophocle, et tribut de reconnaissance payé par l'auteur à cette belle littérature grecque qui a formé toutes nos littératures modernes, dont quelques-unes médisent encore aujourd'hui avec tant d'ingratitude.

Le cinquième volume s'ouvre par *Aben Humaya, ou la Révolte des Maures sous Philippe II*, drame historique en prose, composé et écrit en français, représenté avec succès en 1830 sur le théâtre de la Porte-Saint-Martin, et traduit ensuite en espagnol par l'auteur. Martinez de la Rosa déclare modestement, dans l'avant-propos de cet ouvrage, qu'il a dû la plus grande partie de son succès à la vérité de la mise en scène, à la richesse des décors et au charme de la musique des chœurs, composée par un de ses compatriotes, M. Gomis.

Tout en rendant justice à la belle conception de son caractère principal, et en appréciant la grande difficulté vaincue par cet écrivain espagnol, qui renonce à l'idiome si riche, si énergique, si pompeux de sa nation, pour parler une langue étrangère, nous sommes forcé de condamner ici le choix du sujet, en dépit de la prédilection de l'auteur, et de laisser entrevoir que sa qualité de proscrit politique sur la terre hospitalière de France pourrait bien être aussi pour quelque chose dans le succès d'*Aben Humaya*.

La Conjuration de Venise, drame historique en cinq actes et en prose, est la dernière des compositions contenues dans l'édition que nous avons sous les yeux.

Nous avons été surpris de ne pas y trouver une comédie en deux actes et en prose, composée par Martinez de la Rosa en 1812, et représentée avec succès à Cadix. Cette comédie, ayant pour titre : *Lo que puede un empleo* (Le pouvoir des places), nous a semblé piquante d'*actualité*, intéressante par l'époque qu'elle rappelle, et par la peinture de ces tartufes politiques qui, dans tous les temps et dans tous les pays, sont à l'affût des révolutions pour les confisquer à leur profit. C'est à ces divers titres que nous l'avons admise dans notre collection.

Martinez de la Rosa écrit, en prose comme en vers, avec élégance et pureté; sa poésie a du nombre et de l'harmonie, et un goût sévère donne de la valeur à tous ses jugements littéraires.

Les partisans de la nouvelle école lui reprochent son trop grand respect pour les règles d'Aristote, mais nous, qui professons en littérature une tolérance absolue, nous l'absoudrons volontiers de cette accusation. Ces règles, contre lesquelles il y a aujourd'hui un cri général d'insurrection, ne donnent pas le génie, il est vrai; mais, suivant nous, elles ne sont des entraves que pour la médiocrité, et nous avons vu depuis quelques années tant de jeunes écrivains s'en affranchir, sans le moindre profit pour l'art, qu'en attendant qu'ils aient fourni des preuves à l'appui de leurs théories, nous pardonnerons à Martinez de la Rosa son respect presque superstitieux pour des préceptes qui nous ont valu de nombreux chefs-d'œuvre dans toutes les langues.

Le colonel NAUDET.

LE POUVOIR DES PLACES

COMÉDIE.

PERSONNAGES.

Don FABIAN.
CHARLOTTE, sa fille.
Don LOUIS.

THÉODORE, son fils.
Don MÉLITON.
JEAN, domestique de don Fabian.

La scène se passe dans une auberge d'Alicante.

AVERTISSEMENT DE L'AUTEUR.

Le vif désir d'exposer sur la scène certaine classe d'hypocrites politiques qui, sous le manteau de la religion, s'opposent chez nous aux réformes les plus utiles, m'a engagé à entreprendre, comme un simple passe-temps, la composition de cette comédie.

Cet ouvrage, mon premier essai dans un art si difficile, a été conçu et terminé dans le court espace d'une semaine, sans avoir reçu aucune correction, et je ne puis pas me flatter qu'il ait quelque mérite littéraire; mais comme il a reçu au théâtre plus d'applaudissements qu'il ne m'était permis de l'espérer, et qu'il fait rire aux dépens de ceux qui, par ignorance ou par malveillance, cherchent à discréditer nos nouvelles institutions, je me suis déterminé à le livrer à l'impression, désirant contribuer par tous les moyens à faire connaître au public les ennemis de notre liberté.

ACTE PREMIER.

Le théâtre représente la salle principale de l'auberge. Plusieurs portes conduisent dans des chambres particulières. Une porte conduit chez don Fabian, une autre chez don Louis.

SCENE I.

THÉODORE, CHARLOTTE.

THÉODORE.
Tu me quittes ainsi, Charlotte! sans me rien dire? Pas un mot, pas même un regard d'amour?

CHARLOTTE.
Laisse-moi, laisse-moi, et n'augmente pas mon chagrin.

THÉODORE.
D'où peut venir un changement si subit? Comment celui qui t'aime avec tant d'ardeur aurait-il pu t'offenser?

CHARLOTTE.
M'aimer!... Ah! je l'ai cru et j'étais heureuse alors; mais enfin, je suis détrompée, sans savoir encore si c'est pour le bonheur ou pour le malheur de ma vie.

THÉODORE.
Je ne t'aime pas?

CHARLOTTE.
Non, il ne m'aime pas, je te le répéterai mille fois, celui qui ne sait pas, au moins par condescendance pour moi, modérer la vio-

lence de son caractère, et qui, pour des disputes frivoles, n'a pas craint d'exaspérer mon père et de perdre son estime. Il m'a défendu de m'entretenir avec toi et m'a ôté jusqu'à l'espoir d'être un jour ta femme.

THÉODORE.

Mais que s'est-il donc passé? Éclaircis d'une fois tant de mystères.

CHARLOTTE.

Rien, rien. Hier au soir, quand tu l'eus quitté, au milieu de votre vive discussion sur ces maudites idées libérales qui vous ont tourné la tête, mon père resta interdit assez long-temps. Il avait une expression de colère que je ne lui connaissais pas encore. J'étais à quelques pas de distance de lui, sans oser dire un mot ni même le regarder. Tout à coup, il se lève avec vivacité, et d'une voix terrible et menaçante : « Ma fille, me dit-il, tout est fini! il ne faut plus penser à ton mariage avec Théodore si tu ne veux pas t'ôter la vie. Je lui supposais du bon sens, de la modération, et je le croyais capable de faire ton bonheur; mais, tu le vois, il s'est fourré dans la tête les idées les plus dangereuses; ses liaisons avec ces fous de libéraux lui ont ôté le jugement et il est devenu révolutionnaire, jacobin, que sais-je? » Il t'a donné plusieurs noms si vilains, si vilains...

THÉODORE.

Innocente!

CHARLOTTE.

Je croyais qu'il s'apaiserait et que je le trouverais aujourd'hui revenu à son affabilité naturelle et à son bon caractère; mais rien de cela. Ce matin il s'est levé plus en colère, plus furieux qu'hier; il m'a répété son sermon en termes plus aigres encore et très opposés à la tendresse qu'il a pour moi. « Je ne veux plus, m'a-t-il dit, rester sous le même toit que ce philosophe turbulent; je vais à l'instant même chercher un autre logement et me retirer, fût-ce même dans la plus mauvaise auberge d'Alicante. Aussitôt que j'aurai terminé mes affaires, au premier bon vent, nous partons pour Cadix et sur un autre bâtiment que le sien. Je ne veux pas m'embarquer avec ce fou ni avec son imbécile de père; nous avons rompu pour toujours, oui, pour toujours. »

THÉODORE.

Voilà donc la cause de ton dédain et de ta colère?

CHARLOTTE.

Cela te paraît peu de chose? Lorsqu'après avoir perdu la plus grande partie de nos biens et abandonné notre maison pour ne pas nous soumettre à nos cruels ennemis, je me suis enfuie avec mon père, ma seule consolation était de partager avec toi les dangers et les souffrances de la navigation; de me livrer enfin à l'espoir d'être un jour ta femme, et c'est alors que tu prends à tâche de me tourmenter, de te rendre odieux à mon père et de causer notre séparation peut-être pour toujours!

THÉODORE.

Ainsi, tu vas quitter cette auberge?

CHARLOTTE.

Oui, mon père m'emmène...

THÉODORE.

Et tu vas t'embarquer sur un autre bâtiment?

CHARLOTTE.

Oui, ainsi l'ordonne...

THÉODORE.

Je conçois : vous arrivez à Cadix avant moi; là, entourée de jeunes gens aimables, de brillants officiers...

CHARLOTTE.

Ah! pour cela non; mon père peut disposer de ma personne, de ma vie; mais il ne peut pas disposer d'un cœur qui sera toujours à toi.

THÉODORE, *en lui serrant la main.*

Ma Charlotte! conserve-moi ton amour et ta constance; la colère de ton père passera bien vite; il est naturellement bon; ses défauts ne partent pas du cœur, ils prennent leur source dans les erreurs, dans les préjugés de son éducation.

CHARLOTTE.

Oui, mon père est la bonté même; pourtant, quand il a pris une résolution, il est inébranlable. Don Méliton lui a persuadé que les idées libérales bouleversaient l'Espagne et ruinaient notre sainte religion; et mon père, dans sa bonne foi, a cru tout ce que l'autre lui a dit. Comme il a une haute opinion de la science de cet homme, et que, d'un autre côté, tu l'échauffes toujours par tes disputes avec lui...

THÉODORE.

Mais, qui aurait la patience de voir de sang-froid cet égoïste abuser ainsi de la crédulité de ton père et payer l'hospitalité et les bienfaits qu'il reçoit de lui en remplissant sa tête de préjugés qui le rendent la risée des gens sensés? Enfin, je l'ai résolu, il faut prendre un parti et ôter à cet hypocrite l'envie...

CHARLOTTE.

Que veux-tu faire? dis-le-moi, Théodore, ne me cache rien.

THÉODORE, *vivement.*

Il ne causera plus de désagréments à celle que j'aime le plus au monde.

CHARLOTTE.
Comme tu l'emportes!... Par notre amour, ne me cache rien! Mais, quelqu'un vient... Mon père!

SCÈNE II.

THÉODORE, CHARLOTTE, DON FABIAN.

FABIAN.
Ainsi, il n'y a pas moyen de vous faire faire ce que votre père vous commande? Il sera nécessaire de prendre d'autres mesures.

THÉODORE.
Le hasard seul, monsieur...

FABIAN.
Je n'ai pas affaire à vous, monsieur; je réprimande ma fille, parce que je suis son père et que j'ai le droit de le faire.

THÉODORE.
Mais, si j'étais cause...

FABIAN.
La cause ne vous regarde pas. Faut-il que les idées libérales, après avoir bouleversé le monde, viennent encore bouleverser les maisons des gens de bien et rendre les filles désobéissantes?

THÉODORE.
Je ne crois pas mériter d'être traité avec tant de rigueur.

FABIAN, *à sa fille*.
Qu'attendez-vous?

CHARLOTTE.
Comme vous étiez ici...

FABIAN, *la contrefaisant*.
Comme ce monsieur était ici... Allons, vite, rentrez dans votre chambre!

(*Charlotte sort.*)

SCÈNE III.

FABIAN, THÉODORE.

FABIAN.
Enfin, monsieur, il est temps de s'expliquer clairement... Vous pouvez oublier que vous nous avez connus, ma fille et moi. Peut-être, lorsque nous ne nous verrons plus et que nous ne nous entendrons plus, deviendrons-nous bons amis. Chacun chez soi, entendez-vous?

THÉODORE.
Pourrait-on connaître la cause d'un changement aussi subit? Après la promesse que vous avez faite à mon père...

FABIAN.
Votre père la connaîtra tout à l'heure et vous aussi. Croyez-vous que je me mordrai la langue? non, monsieur. La cause de ce changement est très simple, très... Je ne veux pas marier ma fille avec un libéral, et m'exposer à voir un jour mon gendre sur le tabouret.

THÉODORE.
Vous êtes le maître de votre volonté; mais il ne vous est pas permis d'outrager...

FABIAN.
Je suis le maître de ma maison, de ma fille! Il ne me plaît pas de la marier... La faute n'en est pas sans doute à vous seul; votre jeunesse, ces maudits livres modernes et quelques charlatans qui vous ont rempli la cervelle de fumée... Mais votre père, avec ses cinquante ans, son expérience et la connaissance qu'il a du monde... que le diable l'emporte s'il y comprend une parole! Malgré tout, il ne parle que de réformes. Pour ma part, je le plains; mais je ne veux pas que ma fille ni moi nous soyons écrasés par le choc. Je sais ce qui se passe par ici et j'entends pousser l'herbe... Oui, monsieur, les libéraux auront leur Saint-Martin, et alors, alors nous verrons celui qui aura été la dupe. Enfin, messieurs, vous ferez ce qui vous plaira, et quand le tonnerre éclatera, vous chercherez des consolations dans la philosophie.

SCÈNE IV.

LES PRÉCÉDENTS, MÉLITON.

FABIAN, *à Méliton*.
N'est-il pas vrai que j'ai raison?

MÉLITON.
Oui, sans doute. S'il faut parler vrai, je n'ai pas entendu ce que vous avez dit; mais j'oserais parier, connaissant votre prudence...

THÉODORE.
Et la bonté que monsieur a de vous admettre à sa table...

FABIAN.
Ne soyez pas insolent, monsieur.

MÉLITON.
Il faut passer quelque chose à ces têtes volcaniques; souffrir les impertinences est le propre de la modération et de la sagesse.

FABIAN.
C'est vrai.

THÉODORE.
Oh! la crainte est très prudente.

FABIAN.
Laissez là ces bavardages; nous allons y couper court pour toujours. À l'instant même, à l'instant même... Jean! Jean!

SCÈNE V.

LES PRÉCÉDENTS, JEAN.

JEAN.

Que voulez-vous, monsieur?

THÉODORE, *bas à Méliton pendant que don Fabian prend Jean à part.*

Don Méliton, il paraît que vous avez pris à tâche d'indisposer don Fabian contre moi et de troubler mon union avec son aimable fille...

MÉLITON.

Dieu me garde de mal parler du prochain ! Je ne manque jamais à cette charité...

THÉODORE.

Vous savez que j'ai vingt-cinq ans et la tête un peu vive; que j'aime avec fureur... vous m'entendez... Dans un moment d'emportement, si vous m'échauffez le sang et que le diable s'en mêle... je ne souffrirai pas que vous me priviez impunément de celle que j'aime, et que vous abusiez de l'ignorance et de la simplicité de son père en lui mettant dans la tête des idées...

MÉLITON.

Chacun a celles qui lui conviennent, et vous, qui défendez tant la liberté des opinions politiques, vous devriez être un peu moins intolérant.

THÉODORE.

Libre à vous de persévérer dans vos préventions et de repousser les idées que vous croyez erronées; mais si vous faites usage d'armes prohibées, si vous accusez d'impiété et de libertinage celui qui vous confond par de bonnes raisons, si vous suivez ce système hypocrite que vous propagez parmi les vôtres, et si vous ne cessez pas de tourmenter des amants sur le point d'être heureux, croyez-moi, j'oublierai ma modération.

FABIAN, *se rapprochant d'eux.*

Qu'y a-t-il?

MÉLITON.

Rien; une simple dispute littéraire sur l'origine d'un mot grec.

FABIAN, *à Jean.*

Entends-tu?

JEAN.

J'y cours.

FABIAN.

Qu'il vienne à l'instant; que je l'attends... ici, à l'apothicairerie voisine... à la réunion des nouvellistes...

JEAN.

J'y vais.

FABIAN.

Que cela presse beaucoup, beaucoup.

(Jean sort.)

SCÈNE VI.

FABIAN, THÉODORE, MÉLITON.

FABIAN.

Il paraît que la dispute était un peu échauffée.

MÉLITON.

C'est une mauvaise habitude qui nous est restée du collége où la force des poumons assure toujours la victoire.

FABIAN.

Ah ! monsieur Méliton, quel dommage que vous n'occupiez pas une chaire de professeur !

MÉLITON, *séparément.*

Ne m'embarrassez pas par des éloges que je suis loin de mériter.

FABIAN. *Pendant ce dialogue, il jette de temps en temps un coup d'œil malin sur Théodore qui paraît très impatient et très inquiet.*

Si tous ceux qui vont au collége en retiraient le même fruit que vous !

MÉLITON.

J'avoue que...

FABIAN.

Il y a tant de jeunes gens qui y dépensent le patrimoine de leurs pères pendant nombre d'années, et qui en reviennent bien fiers, sans que pour cela on leur entende jamais prononcer un mot de latin.

MÉLITON.

Je conviens...

FABIAN.

Il est plus plus facile en effet de lire quatre petites brochures (dont la plus grande tiendrait dans un gousset de montre) que de se courber sur les *Pandectes de Justinien* et sur la *Glossa magna*...

MÉLITON.

Il est sûr que...

FABIAN.

Et puis, ils ont le bonheur de rencontrer des pères crédules à qui l'on ferait avaler des ailes de moulin et qui se contentent de quelques paroles à la moderne.

MÉLITON.

L'amour paternel est si aveugle !

FABIAN.

Quant à moi, je ne veux m'assujétir à l'opinion de personne. Chacun a sa manière de voir et je ne me mêle que de ce qui me regarde.

MÉLITON.

En effet, la médisance est un grand défaut.

THÉODORE, *vivement.*

Moins grand que l'hypocrisie.

FABIAN.

D'ailleurs, pour parler en général, comme

je le disais tout à l'heure, aujourd'hui l'on n'écrit plus autant de volumes in-folio qu'autrefois ; mais les jeunes gens deviennent chaque jour plus orgueilleux.

MÉLITON.

C'est une pitié de les entendre !

FABIAN.

Occupés de réformer le monde...

MÉLITON.

Et méprisant ceux qui essaient de les détromper...

THÉODORE.

Mon cher monsieur, si je tolère la mauvaise humeur de don Fabian, dont je respecte le bon cœur, et si je compatis à la candeur de son caractère dont vous abusez lâchement, je ne me sens pas la patience d'endurer plus long-temps les impertinences que vous m'adressez indirectement. Félicitez-vous d'être dans la société d'un homme qui a tant de titres à ma vénération ; mais ne me faites pas oublier ce que je lui dois. Quant à vous, monsieur don Fabian, faites ce que vous désirez relativement à votre fille ; mais soyez bien convaincu que son cœur est à moi, et que ni votre autorité, ni tous les obstacles du monde ne parviendront à nous empêcher de nous aimer.

(Il sort.)

SCÈNE VII.

FABIAN, MÉLITON.

FABIAN, *seul.*

Le pauvre garçon !

MÉLITON.

Voyez comme sont tous ces libéraux ! ils prennent feu comme de la poudre, et puis après... Heureusement j'ai le pouvoir de modérer mon caractère.

FABIAN.

C'est en cela que consiste la vraie grandeur d'âme.

MÉLITON.

Je suis capable d'entendre débiter des impertinences pendant deux heures sans sortir de ma douceur naturelle.

FABIAN.

Ces maudits libéraux sont des gens si exaltés et si impertinents !

MÉLITON.

Je soutiens qu'ils sont pires encore que les Français.

FABIAN.

Non, mon ami, pires que les Français, cela n'est pas possible ! Il n'y a rien d'assez mauvais pour leur être comparé.

MÉLITON.

Vous avez mille fois raison et je suis entièrement de votre avis, quand je me rappelle qu'ils nous ont enlevé jusqu'à nos bénéfices.

FABIAN.

Pour moi, j'oublie mes propres intérêts. Dieu est la providence de tous ; mais ce qu'ils ont fait à notre bon roi, les excès qu'ils commettent dans les malheureux villages...

MÉLITON.

Mon revenu n'était pas considérable, parce que vous savez comment nos biens étaient administrés ; mais enfin il suffirait à un homme raisonnable, si ces coquins de...

FABIAN.

Après les avoir reçus comme amis, ravager ainsi la pauvre Espagne !

MÉLITON.

N'avoir pas même laissé un olivier sur pied ! Vous avez raison, ils ont tout ravagé, tout ! ils m'ont réduit à la mendicité.

FABIAN.

Payer ainsi l'hospitalité et la générosité espagnole !

MÉLITON.

Que de graces je vous dois pour les bienfaits que je reçois de vous ! Je compte toujours sur vos faveurs...

FABIAN.

Je ne parlais pas de cela, parce que je n'aime pas à répéter les choses. Vous savez que tant qu'il me restera un morceau de pain, nous le partagerons comme deux bons frères.

SCÈNE VIII.

LES PRÉCÉDENTS, DON LOUIS.

LOUIS.

Eh bien ! pourquoi m'envoyer chercher avec tant de presse ? Qu'avons-nous de bon ?

FABIAN.

Rien de bon, mais beaucoup de mal : votre fils...

LOUIS, *vivement.*

Lui est-il arrivé quelque accident ? où est-il ?

FABIAN.

C'est bien autre chose, ma foi !

LOUIS.

Allons, dépêchez-vous... Aurait-il eu quelque querelle ?

FABIAN.

Bien pis que tout cela.

LOUIS.

Voulez-vous me donner la fièvre chaude, don Fabian ou don Diable ? Qu'est-il arrivé ? voyons.

FABIAN.

Vous allez le savoir en deux mots ; votre fils est un libéral et je ne veux pas lui donner ma fille.

LOUIS.

Que le diable vous emporte ! Et pour cela vous m'envoyez un ambassadeur ? Vous me faites venir en brûlant le pavé et abandonner une société agréable au moment de la lecture des nouvelles que le courrier vient d'apporter. Vous avez la tête tournée ; il n'y a pas de remède à cela... Pour une semblable bagatelle !

FABIAN.

Vous appelez cela une bagatelle ?

LOUIS.

Et très grande.

FABIAN.

Une bagatelle ! à la veille de la noce !

LOUIS.

Comme ce n'est pas moi qui dois me marier...

FABIAN.

En ce cas...

LOUIS.

Le contre-temps est pour les amoureux.

FABIAN.

Vous me faites bouillir avec votre sang-froid !

LOUIS.

Voulez-vous une prise de tabac ?... Non ? Et vous, don Méliton ?

MÉLITON, acceptant.

Pour ne pas mépriser votre offre...

FABIAN.

Pourtant, votre fils a ressenti beaucoup de chagrin de ma résolution.

LOUIS.

Et la pauvre petite, elle sera désolée... La couronne virginale est si pesante pour le front d'une jeune fille !

FABIAN.

J'ai toujours fait beaucoup de cas de vous ; je vous tenais pour un homme de sens ; mais je suis revenu de tout cela. Avec vos beaux projets de réforme et vos principes libéraux, la tête vous a tourné. Vous direz que ce ne sont pas mes affaires ; mais notre ancienne amitié...

LOUIS.

Je vous rends grâce.

FABIAN.

Pour ce qui me regarde, j'ai pris mon parti ; je vois venir l'orage, et une fille n'est pas une chose qu'on doive exposer légèrement. D'ailleurs, si la chance venait à tourner, ce ne serait pas une petite affaire que d'avoir un damné dans sa famille.

LOUIS.

Don Méliton devrait en effet vous rédiger une espèce de profession de foi, et quand il se présenterait un prétendu pour votre fille, vous pourriez le sonder à fond et savoir s'il n'a pas la moindre petite atteinte de libéralisme. Le projet d'ailleurs est d'une exécution facile ; quelques questions bien posées, et vous sauriez tout de suite à quoi vous en tenir. « Maudissez-vous la liberté de la presse ? — Oui, je la maudis. — Ne vaudrait-il pas mieux être gouverné par un pacha à trois queues que d'avoir des Cortès ? etc., etc. » Avec une douzaine de petites questions de la sorte, n'est-il pas vrai, don Méliton ?

MÉLITON.

Ce que vous dites en plaisantant, je le pense très sérieusement.

LOUIS.

Cela se conçoit. Avec cette maudite liberté de la presse, on découvre tant d'iniquités ! Un imbroglio dure des mois entiers ; les intrigues subalternes, les sollicitations se croisent, et quand on croit la chose bien secrète, pan ! le diable tire le rideau. Avec quelques caractères d'imprimerie, six rames de mauvais papier et un pauvre diable qui met de l'encre sur tout cela, on rend la chose plus claire que le jour. Ceci, en effet, n'est pas très gracieux, et je ne m'étonne pas que beaucoup de gens poussent des cris jusqu'au ciel.

FABIAN.

Malgré ces paroles artificieuses, nous ne nous y laisserons pas prendre. Cette liberté de la presse, que vous vantez tant, perdra l'Espagne ! elle cause déjà mille scandales.

MÉLITON.

Vous avez vu l'autre jour que l'on osait traiter d'ignorant un docteur en théologie !

FABIAN.

Les misérables !

MÉLITON.

C'est une invention d'hérétiques, et si l'on n'y coupe pas court... Mais l'on remédiera à tout. Si ce maudit vent d'ouest cessait de souffler, à présent que vous avez terminé vos affaires, nous nous rendrions à Cadix en quatre jours.

LOUIS, riant.

Quel renfort pour nos antagonistes !... Ha ! ha !

MÉLITON.

Riez tant qu'il vous plaira ; je ne cesserai pas de crier contre cette maudite invention de la liberté tant que j'aurai l'âme dans le corps. La conscience passe avant toutes les considérations de ce monde, et quand je devrais me brouiller avec mille personnes et accuser de jansénisme la moitié de l'Espagne...

FABIAN.

Bravo! bravo! Si nous n'avions pas des gens comme vous, où nous mènerait-on?

MÉLITON.

Jusqu'à ce que les sourds m'entendent...

FABIAN.

Frappez fort, et ceux sur qui cela tombera prendront patience.

MÉLITON.

Qu'ils crèvent de dépit!

LOUIS.

Ah! monsieur, et la charité chrétienne?...

MÉLITON.

J'en aurais plutôt pour des Français!... (*à don Fabian.*) Pardonnez-moi, je ne sais ce que je dis... lorsque l'on touche ces points-là...

LOUIS.

Eh bien! calmez-vous et changeons de conversation... Une autre prise.

MÉLITON.

Je vous rends grace.

LOUIS.

Passons donc à un autre chapitre. Je voulais vous dire...

FABIAN.

Vous n'avez rien à nous dire; plus de mariage! plus de noce!

LOUIS.

Je ne veux pas vous parler de noce; j'en étais à mille lieues... je voulais vous dire que lorsque votre ambassadeur est venu me chercher, il m'a trouvé occupé à écouter les nouvelles que vient d'apporter le courrier de Cadix...

FABIAN.

Vous deviez être bien satisfait, entouré de libéraux...

LOUIS.

Justement.

FABIAN.

Que de gens comme il faut il y avait là!

LOUIS.

Me laisserez-vous achever mon récit? Les nouvelles ne peuvent pas être meilleures; le calme se rétablit tous les jours.

MÉLITON.

Ne l'avais-je pas bien dit? Le désordre excité par les libéraux ne pouvait pas durer long-temps. C'en est donc fait d'eux?

LOUIS.

On vient de promulguer la constitution des Cortès. C'était un jour de jubilé, de folie... Le peuple commence à connaître ses vrais intérêts et à respecter les lois qui le délivreront, pour l'avenir, du joug de ses oppresseurs.

FABIAN.

Le peuple! le peuple!

LOUIS.

Oui, monsieur, le peuple! Croyez-vous qu'il soit assez aveugle pour ne pas voir la réalité quand on la lui montre? ou le croyez-vous assez stupide pour ne pas sentir les maux qu'il a soufferts et pour ne pas connaître la cause de ses malheurs? Vous vous trompez grandement; ceux qui lui montraient la lanterne magique et qui le tenaient dans l'obscurité, pour qu'il ne vît que les petites figures qu'on lui présentait, viennent d'éprouver un grand échec et peuvent apprendre un autre métier.

FABIAN, *avec ironie.*

A présent il n'est plus nécessaire d'apprendre de métier; avec la nouvelle constitution tout le monde aura de quoi manger sans avoir besoin de travailler.

LOUIS.

Le nombre des malheureux diminuera, du moins.

MÉLITON.

Vous verrez qu'il ne sera plus nécessaire d'ensemencer les champs.

LOUIS.

Du moins on n'aura pas tant de moineaux qui mangeront les blés. Il y avait dans cette pauvre Espagne une telle pluie de sauterelles!... Aurais-je dit quelque chose de trop, don Méliton?

MÉLITON.

Je n'en sais rien.

LOUIS.

Tant de frelons!

MÉLITON.

Je ne me mêle pas de contrôler ce que font les autres.

LOUIS.

Cela saute aux yeux; il y a si peu de gens qui travaillent!

FABIAN.

A quoi bon? avec la nouvelle constitution nous allons vivre dans un vrai pays de Cocagne. Nul doute à cela. Parbleu! voilà de ces choses qui me font donner au diable. A vous entendre, vous et tous les insensés qui vous ressemblent, jusqu'à présent nous avons vécu comme des brutes. Quant à moi, pour ce qui me regarde, je vous le déclare, j'ai atteint mes soixante ans sans avoir entendu prononcer le nom de constitution, et je ne m'en portais pas plus mal. J'ai été bon père de famille, j'ai eu onze enfants, et une fausse couche de...

LOUIS.

Mon pauvre ami!

FABIAN.

Et une fausse couche de ma pauvre Blaise m'a seule empêché de compléter la douzaine... Vous vous le rappelez; on en a assez parlé dans le temps.

LOUIS.

Ma foi! je ne m'en souviens pas.

FABIAN.

Comment, vous ne vous rappelez pas la fausse couche que fit ma femme par suite de cette frayeur si plaisante? Imaginez-vous, don Méliton, qu'elle allait ouvrir une vieille armoire dans laquelle nous serrions nos paperasses, quand elle en vit sauter une souris qui rongeait nos titres de noblesse! Jugez si cela fit du bruit; il n'y a pas jusqu'à cette mauvaise langue de chirurgien qui composa des couplets que les petits enfants chantaient dans les rues. Il fallut enfin qu'un alguasil se chargeât de l'affaire... ils disaient... voyons si je me les rappelle; ils commençaient ainsi:

> Pour la noblesse quelle injure!
> Sans le mérite et la vertu;
> Des rats tu deviens la pâture;
> Pauvre noblesse, que vaux-tu?

Les maudits couplets étaient tous dans ce style, et chaque jour ils se répandaient, au point que si je n'avais pas eu recours à mon cousin le familier, je crois qu'ils les auraient fait imprimer.

LOUIS.

Eh bien! je ne me souviens de rien. J'étais sans doute alors à Madrid.

MÉLITON.

Ah! mon ami, quel temps que celui-là! on vivait alors; mais aujourd'hui... Nous avions bien besoin de constitution! Je vivais comme un grand seigneur, sans m'inquiéter de nos bénéfices.

LOUIS.

Je m'attendais tous les jours à vous voir devenir chanoine; vous étiez si bien dans la maison de don Cosme!

MÉLITON.

J'allais être nommé, mais j'ai eu le malheur, pendant les cinq années que j'ai passées près de lui, de ne pas le trouver une seule fois de bonne humeur. Pourtant il serait bien ce que je valais, puisque je lui offrais tous les jours un nouvel ouvrage imprimé de ma façon. Du reste il était brave homme, et il voyait bien que j'étais un martyr dans sa maison; je faisais tous les jours la partie de piquet de sa vieille tante qui était paralytique, et il me fallait pour cela une patience de saint. Depuis que j'ai quitté Madrid, je n'ai pas cessé de lui écrire; la reconnaissance m'en faisait un devoir. Et puis, j'ai toujours eu dans l'idée qu'un jour il ferait quelque chose et que je trouverais en lui un protecteur. Il ne m'a jamais répondu, parce qu'il

me traite sans façon, mais je ne tiens pas aux compliments, et je lui ai envoyé, en partant d'Aragon, deux paquets de six pétitions chaque, dans la crainte qu'il ne s'en égarât quelques-unes à la poste. Je lui ai annoncé que je voyageais avec vous, et je lui ai fait connaître toutes vos belles qualités, afin qu'à notre arrivée il ne fût pas surpris...

FABIAN.

J'apprécie vos bons offices.

LOUIS.

Il est toujours commode de trouver son lit préparé.

MÉLITON.

Son lit préparé? c'est la moindre des choses. Cette fois-ci je serai indubitablement placé. On ne doit pas toujours rester à la charge de ses amis.

FABIAN.

Ne parlez pas de cela... mais quelle heure est-il?

MÉLITON.

Si j'en crois mon estomac il est trois heures.

LOUIS, *tirant sa montre.*

L'horloge de votre estomac avance d'une heure et demie. Il est une heure vingt minutes. Peut-être êtes-vous à jeun?

MÉLITON.

Non, pas précisément à jeun, mais avec tant de casse-tête; l'étude, le travail... quand cette heure arrive je sens toujours quelque faiblesse.

FABIAN.

En ce cas, allons dîner; nous mangerons ce qui se trouvera. (*à don Louis.*) Vous plaît-il de nous accompagner? quoique nous soyons fâchés, cela n'exclut pas la politesse.

LOUIS.

Je vous remercie de la faveur que vous me faites.

(*Fabian et Méliton se retirent. Au moment où don Louis va sortir son fils paraît.*)

SCÈNE IX.

DON LOUIS, THÉODORE.

THÉODORE, *embrassant son père qui lui tend la main.*

Mon père!

LOUIS.

Qu'as-tu donc, Théodore? comme tu as le visage défait! Allons, calme-toi.

THÉODORE.

J'attendais avec anxiété le moment de vous parler pour me justifier de tout ce qu'on vous aura dit de moi.

LOUIS.

Ton inquiétude est bien celle d'un jeune homme de vingt-cinq ans. Ainsi tu craignais que je ne me rangeasse du côté d'un homme, plein de bonté, il est vrai, mais prévenu contre toi, et de celui d'un égoïste que je méprise. Non, mon fils, je connais le monde plus que toi; je te connais aussi, et je t'aime comme tu mérites de l'être.

THÉODORE.

Vous savez déjà que don Fabian me refuse sa fille, après m'avoir fait tant de promesses...

LOUIS.

Eh bien?

THÉODORE.

Malgré tout, Charlotte m'aime avec la même constance.

LOUIS.

Charlotte est une bonne fille.

THÉODORE.

Oui, mais si son père s'obstinait... il n'y aurait pas d'autre moyen, quoique ce soit un parti violent...

LOUIS.

Que veux-tu dire?

THÉODORE, vivement.

Si vous m'aimez, si vous tenez à la vie de votre fils, et si vous ne voulez pas me rendre malheureux pour toujours, il faut, sans perdre un instant, nous mettre sous la protection de la justice, conduire Charlotte dans un lieu sûr, où elle puisse manifester librement sa volonté, et puis ensuite nous marier.

LOUIS.

Et faire le malheur de ton père, n'est-ce pas? Nous perdrions ainsi un bon et ancien ami de notre famille, et nous enracinerions la haine entre nous pour toujours, tandis qu'il y a des moyens plus doux de tout arranger... Il paraît que tu hésites?... N'est-ce pas un beau plan que tu me proposes là?

THÉODORE.

Mon étourderie, mon amour, et le peu d'espoir de trouver un autre parti...

LOUIS.

Pourquoi ne remets-tu pas ton sort entre mes mains? N'as-tu pas plus de confiance dans la prudence de ton père et dans sa tendresse pour toi?

THÉODORE.

Je l'aime tant! la seule crainte de la perdre suffit pour m'ôter la raison.

LOUIS.

Tu ne la perdras pas, et j'aurai dans ma vieillesse un enfant de plus pour me consoler.

THÉODORE.

Ah! mon père, don Fabian est si entêté! il est si prévenu par cet hypocrite!

LOUIS.

Eh bien! ne suffit-il pas de le détromper?

THÉODORE.

La chose est impossible : il n'écoute rien. La crainte d'offenser la religion le rend sourd à tous les raisonnements. Vous essaierez en vain de le dissuader.

LOUIS.

Mon fils, il faut toujours espérer de ramener à la raison ceux qui ont un bon cœur et qui manquent seulement de jugement. Il suffit de les éclairer, pour qu'ils reviennent de leur erreur avec autant de bonne foi qu'il y en avait dans leur égarement. Les hommes qui, comme don Mehton, défendent leurs idées par intérêt et par égoïsme, sont seuls incurables. Sans patrie, sans autre religion, sans autre morale que leurs propres convenances, ils ont sans cesse sur les lèvres ces mots sacrés, mais ils abhorrent les réformes parce qu'ils vivent d'abus; ceux, au contraire, qui sont séduits par ignorance ou par simplicité, comme notre brave ami, ceux-là préfèrent toujours le bien général, tout en se trompant quelquefois. Prouvez-leur qu'ils sont les instruments de la malveillance, et ils passent aussitôt du côté de la raison et de la justice. Viens, mon fils, allons dîner tranquillement; je me charge de tout et tu seras heureux.

THÉODORE.

Ces paroles de bonté me rendent à la vie.

LOUIS.

Viens, mon fils.

ACTE DEUXIÈME.

SCÈNE I.

THÉODORE, *seul.*

Dormir ! dormir avec tant d'amour et si peu d'espérance ! ce n'est pas possible. Non, Théodore, tu ne seras tranquille que lorsque tu auras la certitude d'épouser ta Charlotte... Que fait-elle en ce moment ? peut-être son père la gronde-t-il... peut-être lui promet-elle de ne plus me revoir, d'oublier notre amour ?... Que je suis injuste ! mais les amants ne sont-il pas toujours inquiets. . Si je pouvais la voir !.. (*Il s'approche de la porte de la chambre de Charlotte, et regarde par le trou de la serrure.*) Elle est là... qu'elle est belle ! mais elle a l'air pensif.... Si je l'appelais ?... Sans doute... don Fabian et son inévitable compagnon dorment en ce moment la sieste dans la chambre voisine ; ils ne peuvent pas m'entendre. (*à voix basse.*) Charlotte ! Charlotte !

SCÈNE II.

THÉODORE, CHARLOTTE.

CHARLOTTE.
C'est vous, Théodore ?
THÉODORE.
Viens, mon amie, viens, de grace !
CHARLOTTE, *sans ouvrir la porte.*
Si mon père se réveillait...
THÉODORE.
Tant de timidité s'accorde mal avec beaucoup d'amour. Il fut un temps où vous n'auriez pas craint les reproches de votre père.
CHARLOTTE, *sortant de la chambre avec précaution.*
Il est si emporté depuis quelques jours... si irrité contre toi !
THÉODORE.
Et pour cela son humble fille croit qu'elle ne remplirait pas ses devoirs si elle ne me témoignait pas du dédain, de l'indifférence.
CHARLOTTE.
N'est-ce donc pas assez pour moi d'avoir à supporter l'humeur et la sévérité de mon père ? veux-tu m'affliger encore par d'injustes reproches, au lieu de me consoler, et de soutenir mes espérances ?... Je crois entendre du bruit...
THÉODORE.
Ne crains rien, c'est mon père.

SCÈNE III.

LES PRÉCÉDENTS, DON LOUIS.

LOUIS.
J'ai du plaisir à voir les jeunes gens en si bonne intelligence ; tandis que les pères se rompent la tête à faire des projets, qu'ils grondent bien sérieusement, tandis qu'ils s'opposent... jeunes et amoureux, il n'y a pas autre chose à faire que de les laisser...
THÉODORE.
Nous venons de nous rencontrer à l'instant même.
LOUIS.
Oui... le hasard... la chaleur de l'appartement vous a engagés à en sortir... n'est-ce pas cela ?
CHARLOTTE.
En effet, la chaleur est aussi accablante qu'au mois d'août.
LOUIS.
Et les petites contrariétés la rendent encore plus insupportable... Après tout il n'est pas étonnant que vous ne dormiez pas, car enfin vous êtes les parties intéressées. Vous vous aimez beaucoup, vous êtes dans le feu de la jeunesse ; mais moi qui m'étais couché pour sommeiller un peu, je n'ai pas pu me reposer un instant, en me souvenant de mes deux pauvres amoureux ! Je croyais avoir oublié ce que sont les petits tourments de l'amour, mais rien de cela ; j'avais l'air d'être le prétendu. Réfléchissant, allant, venant, projets par ici, projets par-là... et tout cela pourquoi ? Au fait, ce n'est pas une logatelle que de faire le bonheur de deux amants et de détromper un homme de bien si aveuglé.
THÉODORE.
Pourrons-nous espérer ?...
CHARLOTTE.
Je retrouve un second père ; vous m'aimez comme votre fille ?
LOUIS.
Oui, ma Charlotte, vous vivrez heureux ensemble, et vous rendrez mes derniers jours moins tristes... Ton bon père jouira aussi de ce bonheur.
CHARLOTTE.
Ah ! monsieur.
LOUIS.
Il n'y a pas là de quoi soupirer ; une fois détrompé, il reviendra de lui-même à la raison, et je me charge de l'entreprise... Il me

semble, messieurs les amoureux, que je joue assez bien mon rôle de confident? C'est pour vous que je ne dors pas et que j'affronte l'ardeur du soleil.

THÉODORE.
Où donc allez-vous, mon père?

LOUIS.
Vous êtes trop curieux; un peu de patience, et de la confiance en moi... mais, avant tout, quel sera le prix de toutes mes sollicitudes?

CHARLOTTE.
Notre reconnaissance et notre tendresse pour la vie.

LOUIS.
Cela me suffit. C'est ce que j'apprécie le plus.

THÉODORE.
Ne pourrions-nous pas savoir?...

LOUIS.
Vous pourriez me retenir ici et faire manquer mon plan d'attaque.

THÉODORE, *vivement*.
En ce cas, mon père, allez-vous-en bien vite.

LOUIS.
Quelle impatience tu as à présent de me congédier?

THÉODORE.
C'est afin que vous perdiez moins de temps et que vous reveniez plus tôt auprès de nous.

LOUIS.
Je comprends. Adieu, mes enfants; prenez garde que don Fabian ne surprenne nos deux amants, qu'il ne gronde sa fille, et qu'il ne fasse tomber une grêle de pierres sur l'amoureux libéral.

(Il sort.)

SCÈNE IV.

THÉODORE, CHARLOTTE.

CHARLOTTE.
Que de bontés!

THÉODORE.
J'ai dans mon père le meilleur des amis. Qui ne se sacrifierait pas pour un tel père! Lorsque, parfois, ma légèreté, ma jeunesse m'égarent, loin de me le reprocher avec dureté, loin de me punir avec rigueur, il me détrompe, me montre la raison, me fait rougir de mes défauts, et me corrige en me faisant comprendre qu'il travaille dans mon propre intérêt. Il y aurait bien peu d'enfants mauvais sujets et malheureux si tous les pères étaient aussi prudents.

CHARLOTTE.
Le mien est essentiellement bon; il m'aime à l'excès. Tu sais combien j'étais heureuse avec lui, admirant sans cesse la bonté de son cœur. Je ne l'avais jamais vu en colère; jamais il ne laissait échapper l'occasion de satisfaire tous mes goûts; enfin il m'avait accordé ce que mon cœur désirait le plus, la certitude d'être un jour ta femme. Ce maudit hypocrite a pu seul changer son caractère, au point de lui inspirer de la défiance en certaines personnes, de refroidir son amitié pour ton père, et de l'engager à s'opposer à notre union tant désirée!

THÉODORE.
De la constance, Charlotte. Mon cœur me dit que nos chagrins cesseront bientôt.

CHARLOTTE.
Le mien, au contraire, est chaque jour plus alarmé. Peut-être le tien est-il plus tranquille parce que tu m'aimes moins vivement.

THÉODORE.
Encore de la jalousie?

CHARLOTTE.
Lorsqu'on désire bien vivement une chose, on craint toujours de ne pas l'obtenir.

THÉODORE.
J'ai tant de confiance en mon père!

CHARLOTTE.
Un amant ne doit se fier à personne.

THÉODORE.
Pas même à sa maîtresse?

CHARLOTTE.
Pas même à sa maîtresse... à moins, pourtant, qu'elle n'ait l'amour que j'ai pour toi.

THÉODORE.
Toutes les femmes disent cela.

CHARLOTTE.
Mais toutes ne donnent pas tant de preuves...

THÉODORE, *écoutant*.
As-tu entendu?

CHARLOTTE.
Oui, les voilà levés. Va-t-en; s'ils nous trouvaient ensemble...

THÉODORE.
Adieu; pense à moi!

CHARLOTTE.
La recommandation est inutile; va-t-en.

THÉODORE.
Ne m'oublie pas un seul instant!

CHARLOTTE.
Les voici!

THÉODORE *en sortant*.
Adieu, ma vie!

CHARLOTTE.
Je crains qu'à mon embarras mon père ne devine...

SCÈNE V.

CHARLOTTE, DON FABIAN, DON MÉLITON.

FABIAN.

Que faisais-tu ici, Charlotte?

CHARLOTTE, *avec embarras.*

Rien, mon père... j'ai entendu un grand bruit qui m'a paru celui d'une voiture, et je suis sortie pour voir ce que c'était, par curiosité.

FABIAN.

La curiosité, mademoiselle, a perdu plus d'une jeune fille.

CHARLOTTE.

En ce cas, mon père, une autre fois je ne me dérangerai pas, quand bien même la maison s'écroulerait.

FABIAN.

Si vous entendiez tourner la clef de la chambre voisine, vous n'y tiendriez pas. Vous n'avez pas besoin de faire ici l'ingénue; croyez-vous que je ne sais pas que vous avez la tête tournée pour monsieur Théodore?

CHARLOTTE.

Je ne l'aurais pas aimé comme je le fais si vous n'aviez pas consenti ou plutôt applaudi à mon choix. Mais lorsque vous vous êtes plu à reconnaître en lui les plus belles qualités, quand vous avez fortifié notre tendresse en nous rapprochant sans cesse, voulez-vous que je l'oublie? Exigez-vous que je sois légère, inconstante? Lorsque vous m'ordonnez de feindre l'indifférence au moment où j'ai le plus d'amour, n'est-ce pas m'ordonner d'être hypocrite, menteuse?

FABIAN.

Bravo, docteur! vous devez être bien fière de votre tirade philosophique; vous n'avez pas perdu de temps auprès de ce petit libéral... Voilà ce que je dis toujours, don Méliton; l'épidémie de ce maudit siècle a gagné jusqu'aux femmes. Avec trois ou quatre romans et quelques petits vers qu'elles se fourrent dans la tête, les voilà crques, docteur, bavardant comme des perruches et écrivant à leurs amants des billets doux qui mériteraient d'être encadrés. Ah! mon oui! quels temps que ceux d'autres fois! les filles se seraient fait tuer plutôt que de correspondre avec leurs amants! Il est vrai que les pères avaient la bonne précaution de ne pas leur faire apprendre à écrire; elles ne connaissaient pas même l'*A*, *B*, *C*. Mais aujourd'hui!... vous avez entendu la tirade libérale que vient de me débiter cette morveuse qui, si elle était née à une autre époque, serait encore à l'école.

MÉLITON.

Il n'y a pas là de quoi se fâcher; mademoiselle est très docile, et elle ne fera que ce que vous lui ordonnerez. Je ne suis pas surpris qu'elle n'apprécie pas les motifs puissants qui obligent son père à la séparer de ce jeune homme qui passe pour un sage. Les idées libérales ont un vernis brillant qui cache leur venin et les rend agréables à la jeunesse imprudente. Il étend sa séduction jusque sur le beau sexe; mais nous qui, par notre âge et nos profondes connaissances, savons les dépouiller de cet oripeau postiche qui les recouvre, nous pouvons signaler le danger de ces idées qui contribuent à assurer le triomphe du matérialisme et qui convertiraient en république jusqu'à l'empire du Grand-Mogol. Notre devoir est de détromper ceux qui se sont laissé séduire, et de conseiller aux pères...

FABIAN.

Je vous ai de grandes obligations pour vos bons conseils. Sans vous je me serais laissé aller à une faiblesse; j'aurais donné ma fille à un étourdi de libéral, et après une douzaine d'années j'aurais eu ma maison pleine de petits libéraux capables, à eux seuls, de bouleverser le monde... Nous aurions fait là de belles choses! et toi aussi, Charlotte, tu dois rendre grâce à notre prudent ami, et te souvenir de ce qu'il vient de dire avec tant d'habileté, sur les dangereux effets des idées libérales. L'as-tu bien entendu?

CHARLOTTE.

Moi?

FABIAN.

Moi? oui sans doute, mademoiselle, vous. Vous ne craignez pas de me rompre la tête en parlant sans cesse inutilement, et quand il faudrait parler, vous restez muette comme une morte.

CHARLOTTE.

Est-ce ma faute si je ne comprends rien à tous ces mots de matérialisme, d'oripeau, de venin, ni à tout ce que vous appelez libéral?... J'ai accepté Théodore parce que je le trouvais très sensé dans sa conversation, qu'il me paraissait un honnête homme, et qu'il m'assurait sans cesse, enfin, qu'il m'aimait beaucoup, et que nous serions toujours heureux.

FABIAN, *tendant.*

En voici bien d'une autre! Ainsi donc, mademoiselle...

CHARLOTTE.

Si vous vous fâchez, mon père, je mourrai.

FABIAN.

Je ne veux pas que vous mentiez, mais j'exige que vous soyez obéissante, respectueuse, soumise, comme Dieu l'ordonne!

MÉLITON.

Il me semble que nous serions plus à notre aise en nous asseyant.

FABIAN.

Vous avez raison; nous étouffions dans cette petite chambre, et ici on respire plus librement. (*à Méliton qui approche des chaises.*) Mais ne vous donnez pas la peine. (*à sa fille.*) Tu sais combien je t'aime! j'ai travaillé toute ma vie pour te rendre heureuse; si tu veux me plaire et me prouver ta tendresse pour moi, il faut avoir plus de respect pour don Méliton et l'écouter comme un oracle, entends-tu? et non pas en silence, avec cette tête baissée et cette mine revêche qui me font bouillir le sang. Maudites petites filles! on dirait qu'elles sont aussi en révolution!

CHARLOTTE.

Mais, mon père, si je n'ai rien à dire?

FABIAN.

Quel trésor pour un couvent de chartreux!

CHARLOTTE.

En ce cas je m'efforcerai...

FABIAN, *se levant.*

Prends-y garde! je ne suis pas tout miel, et si je me fâche il y aura combat de taureaux. (*bas à Méliton.*) Un petit sermon de vous viendrait ici bien à propos, à présent qu'elle est souple comme un gant, et nous pourrions la convertir entièrement.

MÉLITON, *bas à don Fabian.*

Reposez-vous sur moi.

FABIAN.

Comme nous l'avons dit tant de fois, les filles ne veulent pas croire que leurs pères ne cherchent que leur bonheur et qu'ils savent ce qui leur convient... Rien de tout cela; arrive un petit-maître bien frisé, bien poudré, qui leur fait trois ou quatre mines, leur confie trois ou quatre petits secrets qu'il fait suivre d'autant de soupirs; fait semblant de pleurer, si cela est nécessaire, et voilà les petites sottes qui ont aussitôt le diable au corps pour le mariage. Le monde est fait de telle sorte qu'il n'y a vraiment plus qu'à le quitter!

MÉLITON.

Ce n'est rien encore; je crois que les femmes elles-mêmes deviennent à leur tour libérales!

FABIAN.

Vous devriez dire prodigues.

MÉLITON.

Si les femmes se mêlent de leur côté, il n'y a pas de remède; les libéraux triompheront, et nous serons perdus!

FABIAN.

C'est pour cela qu'il est urgent de les détromper, et de ne pas nous endormir sur ce chapitre.

MÉLITON.

J'ai déjà préparé une dissertation avec des notes en latin dans laquelle je prouve, *usque ad evidentiam*, que tous les libéraux sentent le soufre comme s'ils sortaient de l'enfer, et que les filles qui se marient avec eux, quand bien même elles auraient un bassin d'eau bénite au chevet de leur lit, s'exposent à être enlevées une belle nuit par les sorcières.

CHARLOTTE, *riant.*

Par les sorcières... y pensez-vous? ces choses-là se disent pour effrayer les petits enfants.

MÉLITON.

Il paraît, mademoiselle, que vous ne les avez pas vues, comme une de mes tantes qui est morte à quatre-vingt-seize ans. Je lui ai entendu raconter mille fois cette aventure; si l'on n'avait pas découvert le nid et qu'on n'en eût pas brûlé six douzaines, il aurait plu des sorcières comme des petits moucherons.

CHARLOTTE.

Tout cela peut être vrai, mais je n'en crois rien.

FABIAN.

Tais-toi, ma fille; nous n'avons pas assez de connaissances pour nous engager dans des matières si difficiles, et quand don Méliton le dit...

MÉLITON.

Quand je le dis!... je fais plus; je le fais imprimer, en arrivant à Cadix, en caractères d'un pied de long. Après cela, que les libéraux viennent disputer avec moi, je me charge de les pulvériser.

FABIAN.

On aurait bien besoin de vous, là-bas; il faut les attaquer vigoureusement.

MÉLITON.

Je me sens capable de les confondre, et de dévoiler leurs turpitudes.

FABIAN.

Pas de quartier! il faut les mitrailler jusqu'à ce qu'ils demandent grace.

MÉLITON.

Grace! oh! non! pas de grace! jusqu'à ce qu'ils soient tous écrasés! C'est pour cela, mademoiselle, que je me réjouis de la prudente détermination de votre père, qui l'empêchera de se trouver demain dans un grand embarras... Théodore paraît être un bon garçon, car enfin je n'aime pas à mal parler du prochain et je ne veux pas lui ôter l'estime qu'il mérite, mais tout ce qui reluit n'est pas or ; ces principes modernes corrompent insensiblement le cœur, et vous pourriez bien, au moment où vous y penseriez le moins, trouver un chat à la place d'un lièvre.

FABIAN.

C'est précisément ce que je lui dis : ne me donneras-tu pas de satisfaction en tout? Allons, il ne faut pas t'affliger ; tu as de la raison, et tu ne voudras me causer de chagrin... Mais cet imbécile de Jean tarde beaucoup à rapporter les lettres ; où diable se sera-t-il arrêté?

CHARLOTTE.

L'avez-vous envoyé les chercher?

FABIAN.

En sortant de table.

MÉLITON.

Je viens de le voir étendu sur un banc à la porte de la maison, et ronflant tout à son aise.

FABIAN.

On ne peut plus le charger de commission. Jusqu'à ce qu'il ait cuvé ses deux bouteilles de vin, il ne sera bon à rien.

SCÈNE VI.

LES PRÉCÉDENTS, JEAN.

JEAN.

Je m'étais laissé vaincre un instant par le sommeil et par la fumée du dîner...

FABIAN.

Dis donc par la fumée du vin. Enfin as-tu fait ce que je t'ai ordonné? Et moi qui attends mes lettres avec tant d'impatience! Voici ce qui arrive lorsqu'on a des domestiques et qu'on leur laisse prendre trop de liberté! Je l'envoie à la poste ; il n'y va pas. Je l'ai envoyé, ce matin, chercher don Louis, et monsieur reste dehors jusqu'à je ne sais plus quelle heure, sans se souvenir du dîner ni de rien dans le monde.

JEAN.

Ah! monsieur, croyez-vous que je me sois arrêté au cabaret ou que j'aie fait quelque chose de mal? Voici ce qui m'est arrivé, don Méliton : je suis allé à la réunion des nouvellistes, où se trouvait don Louis, car enfin nous sommes tous intéressés à savoir si l'on tue les Français, et j'y ai entendu de belles choses! Ces messieurs disaient comme ça que les Cortès avaient ordonné qu'on ne pendît plus personne, parce que nous sommes tous fils de Dieu, et de chair et d'os

comme les autres. Nos députés disent aussi que, parce que nous sommes pauvres, ce n'est pas une raison pour qu'on nous étrangle comme des chiens. Ils ne veulent pas non plus qu'on mette en prison les malheureux pour des bagatelles ; qu'on accable le pauvre peuple comme on faisait autrefois ; ils veulent enfin qu'à l'avenir, en Espagne, les rois ne fassent que ce qui est juste et régulier, et conforme à ce que Dieu ordonne.

FABIAN.

Finiras - tu aujourd'hui? Comprends - tu quelque chose à tout cela, imbécile?

JEAN.

Qu'y a-t-il donc de si difficile à entendre là-dedans? La vérité se sent d'elle-même, et quand une chose nous intéresse il ne faut pas être bien savant pour la comprendre.

FABIAN.

Allons, allons, va chercher mes lettres, et reviens à l'instant.

JEAN, *s'en allant.*

Je vous préviens que si j'entends parler des Cortès je ne reviens pas de deux heures.

SCÈNE VII.

CHARLOTTE, DON FABIAN, DON MÉLITON.

MÉLITON.

Voilà le résultat des idées libérales! Les gens simples, qui ne voient les choses qu'à l'envers, croient que ce qui les accommode est ce qu'il y a de meilleur. Le peuple est le même partout; si on ne l'attache pas court, il se révolte.

FABIAN.

C'est le fruit de la philosophie, des constitutions et de toutes les diableries du jour! Ils auront beau faire, il y aura toujours des pauvres et des riches. Les doigts de la main ne sont pas égaux, et les lois sont ce que veulent les rois.

MÉLITON.

Non, monsieur; aujourd'hui les législateurs modernes veulent même fixer ce que les rois doivent dépenser! On dirait, à les entendre, que les premiers sont des enfants qui sortent du collége, et qui ont besoin de tuteurs.

FABIAN.

Hérésies! comme toutes celles que l'on entend dans ce siècle.

MÉLITON.

Pourtant on ne veut pas le croire, et l'on se moque de ce que nous disons. L'autre jour, lorsque je soutenais, sur la place, que le roi est le maître de la vie et des biens de ses sujets, il s'en est peu fallu qu'on ne me sifflât.

A présent, ce qui est de mode, c'est madame la loi; les rois doivent gouverner conformément aux lois; tout le monde doit être jugé d'après les lois... Au diable les lois! *Amen!*

FABIAN.
Je joins ma malédiction à la vôtre; *amen!* Mais ce paresseux de Jean reviendra sans avoir exécuté mes ordres. Vous verrez qu'il n'aura pas été à la poste.

SCENE VIII.

LES PRÉCÉDENTS, JEAN.

JEAN.
Les facteurs ont apporté les lettres, et il n'y avait que celle-ci pour vous. Elle m'a été remise en sortant par la fille de l'auberge.

FABIAN *prend la lettre et déchire l'enveloppe.*
Si tu avais été la chercher il y a deux heures...

JEAN, *en s'en allant.*
Le pauvre facteur n'aurait pas gagné son pour-boire.

FABIAN, *tirant ses lunettes et lisant,*
Je ne connais pas cette écriture-là. Voyons ce que c'est. «Cadix, 31 mars 1812. Seigneur «don Fabian, etc. — Quoique je n'aie pas «l'honneur de vous connaître, *ce qui me flat-*«*terait infiniment,* d'après tout ce que m'a «dit de vous mon intime et sage ami don «Méliton...»

MÉLITON, *s'approchant de don Fabian.*
Que dit-on de moi? serait-ce quelque bonne nouvelle! Lisez donc! lisez donc!

FABIAN, *lisant.*
«Ayant su par lui qu'il vous accompagne «dans cette ville, permettez-moi de vous «entretenir d'un objet qui l'intéresse vive-«ment.»

MÉLITON, *lui arrachant la lettre,*
Vous lisez bien maladroitement. J'irai plus vite que vous!... Ah! mon Dieu!... de don Cosme... Quel homme estimable! (*il continue.*) «Qui l'intéresse vivement. Appréciateur de «son mérite, je me suis occupé de lui avec «tant d'efficacité que, malgré le chaos dans «lequel nous nous trouvons, je suis parvenu «à le faire nommer... (*après avoir parcouru le reste de la lettre, il se promène sur le théâtre, et sort hors de lui.*) Grand Dieu! soixante mille réaux et le titre d'excellence!! Moi, monseigneur!...

FABIAN.
Eh bien! don Méliton, que vous est-il arrivé? Auriez-vous perdu le jugement?

MÉLITON.
Rien ne me retient plus ici, et, quoiqu'il n'y ait pas de vent, je pars pour Cadix... Je

veux remplir mon devoir... Mes soixante mille!... mes soixante mille!...

FABIAN.
Achevez donc de me tirer d'inquiétude. Que dit cette lettre?

MÉLITON.
Les affaires commencent à se régulariser et à être remises aux mains des gens de mérite. Je vais observer la girouette... Peut-être le vent d'Est commence-t-il à souffler, et alors je ne m'arrête, ni pour vous ni pour personne.

FABIAN, *le retenant,*
Voulez-vous au moins m'expliquer...

CHARLOTTE.
On croirait que don Méliton a été piqué de la tarentule.

MÉLITON.
J'ai été piqué par soixante mille tarentules! Écoutez. (*il lit.*) «Je suis parvenu à le faire «nommer membre du tribunal suprême de «la liberté de la presse, avec le titre d'ex-«cellence, et soixante mille réaux d'appoin-«tement seulement, attendu les circonstan-«ces difficiles dans lesquelles nous nous «trouvons. Je me réjouis d'avoir été aussi «heureux dans mes démarches, et, sachant «que vous séjournez à Alicante pour des «affaires particulières, j'ai pris la liberté «de vous adresser ma lettre, afin que don «Méliton la reçût plus tôt. J'ai pensé aussi «qu'elle serait moins exposée à s'égarer, «étant adressée à quelqu'un d'aussi connu «que vous. Je me mets à votre disposition, «et je désire que don Méliton presse son «voyage le plus possible, etc. Cosme Zu-«garramundi.»

FABIAN.
Quel est donc ce personnage si obscur?

MÉLITON.
Comment? N'avez-vous pas entendu don Louis me rappeler ce matin les faveurs que je recevais à Madrid de ce chevalier, qui jouait déjà, alors, et qui joue encore aujourd'hui un rôle important?

FABIAN.
Malgré l'importance de ce grand personnage, je vous déclare qu'il n'est qu'un sot fieffé.

MÉLITON.
Un sot?

FABIAN.
Un grand sot, ou peut-être un grand coquin! Avoir sollicité pour vous un emploi comme celui-là! Quelle idée a-t-il donc de votre caractère? Vouloir que vous soyez protecteur de la liberté de la presse!... Ah! je vais lui répondre de la bonne encre!

MÉLITON.

Avez-vous votre bon sens?

FABIAN.

Comme si vous étiez un de ces petits libéraux à quatre pour un *quarto!* Ne pas comprendre que la pudeur et la sagesse qui vous distinguent vous ont fait prendre en horreur cette diabolique liberté, et tout ce qui sent le moderne à une lieue à la ronde!

MÉLITON.

Soixante mille réaux!

FABIAN.

Il croyait, cet imbécile, que vous vous laisseriez prendre à cette amorce?... Il ne connaît pas votre probité...

MÉLITON.

Si le vent changeait, dans peu de jours je serais auprès du brave homme...

FABIAN.

Pour lui reprocher l'opinion qu'il a de de vous?

MÉLITON.

Pour lui rendre mille actions de grace!

SCÈNE IX.

LES PRÉCÉDENTS, DON LOUIS.

LOUIS.

Bonsoir, messieurs.

MÉLITON.

Embrassez-moi, mon ami. Dans une pareille circonstance, les petites querelles se terminent et tout est oublié.

LOUIS.

Holà! qu'y a-t-il donc de nouveau?

MÉLITON.

Une bagatelle... Vous vous rappelez bien ce brave monsieur dont vous me parliez ce matin. (*Il donne la lettre à don Louis.*) Lisez! lisez!

FABIAN.

Je suis étourdi de tout cela, et je n'entends rien à ce qui se passe.

MÉLITON.

Rien de plus simple pourtant. Je suis fou de joie! Charlotte, vous continuerez de me traiter sans cérémonie; je ne serai pas plus fier pour cela. Don Fabian, nous serons toujours bons amis.

FABIAN.

Ainsi donc vous acceptez cet emploi?

MÉLITON.

Avec empressement! Comment ne l'accepterais-je pas? ce n'est pas à quarante ans passés qu'on est assez imbécile...

LOUIS, *lui remettant la lettre.*

Je n'ose pas vous féliciter parce que je craindrais de vous faire injure. Un pareil emploi serait honorable pour des gens qui pensent comme moi, et qui voient dans la liberté de la presse le principal appui de la justice et de la liberté; mais les opinions sont libres, et puisque vous la croyez dangereuse et presque hérétique, le parti que vous devez prendre n'est pas douteux.

MÉLITON.

Oh! non, il n'est pas douteux!

LOUIS.

En refusant cette place vous suivrez le cri de votre conscience, et vous ne vous mêlerez pas de choses que vous croyez opposées à l'honneur...

MÉLITON.

Je conviens avec vous, don Louis, que je me suis un peu échauffé ce matin en parlant de la liberté de la presse; peut-être même, ma langue a-t-elle laissé échapper quelque sottise; mais quand l'autorité légitime la reconnaît pour bonne et la permet en Espagne, elle aura ses raisons pour cela, et, vraisemblablement, cette liberté n'est pas aussi dangereuse que je le croyais.

LOUIS.

Vous déclamiez si fort contre elle!

MÉLITON.

Tout est bien ou mal dans ce monde, suivant les hommes auxquels on confie la direction des affaires. Si l'on chargeait des libéraux sans cervelle de protéger la liberté de la presse, ce serait la ruine de l'Espagne. Mais en nommant à de pareils emplois des hommes de sens (ceci soit dit toute modestie à part), il n'y a rien à craindre. Du reste, il ne m'appartient plus de discuter sur les avantages ni sur les dangers de cette liberté; je dois obéissance à l'autorité légitime, comme la loi de Dieu me l'ordonne; et à présent que l'on m'a confié cet emploi, je n'ai plus qu'à me sacrifier pour la patrie et qu'à travailler pour elle jusqu'à la fin de ma carrière.

LOUIS.

Vous parlez là avec beaucoup de prudence.

MÉLITON.

Les places n'entraînent avec elles que des désagréments, et je ferais mieux de renoncer à celle-là; mais, si je la refusais, les mauvaises langues ne manqueraient pas de dire que c'est pour vivre dans la paresse et dans la fainéantise, comme je l'ai fait jusqu'à présent. Pourtant ce n'était pas ma faute; j'ai tout fait pour travailler, pour obtenir même un canonicat; mais le sort n'a pas voulu que, jusqu'à ce jour, je fusse utile à mon pays. Enfin il vaut mieux tard que jamais.

LOUIS.

Il me semble, don Fabian, que vous êtes

préoccupé, rêveur, et que vous ne prenez pas part à la joie patriotique de votre ami. Qu'avez-vous?

FABIAN.

Rien!

MÉLITON.

En effet, cela doit vous paraître étrange; mais tranquillisez-vous; en arrivant à Cadix vous ne manquerez pas d'obtenir aussi quelque emploi d'importance.

FABIAN.

Je ne veux rien, monsieur, rien!

LOUIS.

Il me semble que don Méliton déserte votre cause et qu'il passe enfin dans les rangs des libéraux.

MÉLITON.

En sujet soumis, je suis toujours du parti de celui qui gouverne.

FABIAN.

Vous n'étiez pas aussi obéissant il y a quelques heures. L'intimité qui a existé entre nous me fait un devoir de m'expliquer franchement. Je vous avoue que j'ai été bien trompé; je pensais que vous abhorriez les réformes et tous les projets des libéraux parce que votre conscience les repoussait; mais à présent je vois que, grace à votre emploi, il s'en faut de peu de chose que vous ne fassiez l'apologie de la presse.

LOUIS.

Reconnaissez enfin le pouvoir des places.

FABIAN.

Elles ne peuvent rien sur les gens de bien, lorsqu'elles compromettent en quelque chose leur opinion, et ils font plus de cas de leur propre estime que d'un vil intérêt. La vérité, je vous le répète, don Méliton, est que vous m'avez étrangement trompé, et que je vous croyais plus conséquent.

MÉLITON.

Je fais ce qui me convient, et je ne dois en compter à personne. Que cela vous serve de gouverne!

FABIAN.

Comme vous élevez la voix! pourtant il y a dix minutes vous étiez doux comme un agneau. Mais, heureusement, je n'aurai jamais affaire à vous; je ne fais jamais imprimer que des lettres d'invitations ou des billets d'enterrements.

MÉLITON.

La reconnaissance est une vertu, sans doute, mais elle n'ordonne pas de supporter le mépris et l'insulte.

LOUIS.

Vous êtes un grand hypocrite. Vous avez trompé mon trop confiant ami, mais il commence enfin à vous connaître. Voyez, don Fabian, pour quel homme vous alliez rompre notre ancienne amitié, et faire le malheur de ces deux pauvres enfants? Dieu merci, il est encore temps de remédier à tout.

MÉLITON.

Cela m'importe fort peu. Grace à Dieu, je n'ai plus le malheur d'être à la charge des autres; et, une fois en possession de mon emploi, je vivrai comme un prince!

LOUIS.

Allez trouver le premier garçon de l'apothicaire voisin, pour qu'il vous délivre le brevet de votre emploi.

MÉLITON.

Quel garçon?

LOUIS.

Celui qui vous a envoyé cette bonne nouvelle.

MÉLITON.

Que voulez-vous dire? Achevez de vous expliquer.

LOUIS.

Vous avez donc cru que cet emploi?...

MÉLITON.

Comment? ne voilà-t-il pas la lettre...

LOUIS.

Que j'ai rédigée moi-même en mettant à profit ce que vous m'avez dit ce matin. Le garçon apothicaire m'a fait le plaisir de l'écrire, et il s'en est acquitté si fort à mon gré que je lui ai donné un demi-douro de gratification. Vous lui devez aussi beaucoup de reconnaissance. Je n'avais fixé votre traitement qu'à trente mille réaux, mais lui, plus magnifique que moi, il a doublé la dose.

MÉLITON.

Vous vous moquez...

LOUIS.

A présent, non. Le garçon apothicaire demeure à deux pas d'ici; il vous dira si je mens. J'ai remis la lettre à la fille de l'auberge avec quatre réaux pour sa commission, en lui recommandant de dire à Jean qu'elle lui avait été donnée par le facteur.

MÉLITON, *reconnaissant l'enveloppe.*

Don Fabian ou don Baudet, n'avez-vous pas vu que l'enveloppe ne portait pas de timbre?

FABIAN.

Si vous ne vous en êtes pas aperçu, vous que cela regardait, était-ce à moi à m'occuper de pareilles minuties?

MÉLITON.

J'avais écrit souvent à don Cosme, mais comme il ne m'a jamais répondu, j'avoue que je ne connaissais pas son écriture. Et puis, ce courrier arrive ce matin... (à don Louis) Mais, de toutes manières, don Louis, ce sont de ces choses qui ne se font pas entre gens civilisés, et vous pouvez vous adresser, avec vos sottes plaisanteries, à ceux qui sont d'humeur à les souffrir. Si je ne craignais pas de me perdre... par la vie de...

SCÈNE X.

LES PRÉCÉDENTS, THÉODORE.

THÉODORE.

Quel est ce bruit?

LOUIS.

Oh! ce n'est rien; c'est don Méliton qui est sur le point de me donner un défi.

THÉODORE.

Laissez-moi le soin de le calmer.

LOUIS.

Du sang-froid, Théodore. Quand les amoureux sont en présence de leurs dames, ils ne doivent s'occuper que d'elles. Ta Charlotte est ici, tu peux lui parler de ta tendresse; don Fabian, à présent, ne te querellera plus pour si peu de chose.

FABIAN.

Épargnez-moi, don Louis; j'ai eu aussi ma part de la mystification.

LOUIS.

La mystification ne retombe que sur l'égoïste qui l'a méritée. Quant à vous, elle ne fait que vous dessiller les yeux.

FABIAN.

D'une façon un peu piquante.

LOUIS.

Oui, mais qui vous profitera. A présent, vous commencez à connaître la plupart de ceux qui cherchent à égarer les peuples en inquiétant les gens simples et en peignant les réformes les plus salutaires comme préjudiciables à l'État et contraires à la religion, uniquement parce qu'elles sont en opposition avec leurs intérêts.

FABIAN.

Je vous promets qu'une autre fois on ne m'y prendra pas.

MÉLITON.

J'espère, don Fabian, que cette plaisanterie, à laquelle j'ai bien voulu me prêter en dissimulant le plus long-temps que j'ai pu, ne refroidira en rien notre amitié.

FABIAN.

Voulez-vous encore m'insulter après m'avoir exposé à la risée de tout le monde? Si mon erreur eût duré plus long-temps, je faisais le malheur de ma fille. Sortez d'ici et n'abusez pas davantage de ma patience! Je sens combien j'ai eu tort d'accorder ma confiance à un hypocrite aussi dangereux.

MÉLITON.

Ainsi donc, il n'y a plus d'espoir?...

FABIAN.

Il ne faut pas même y songer.

MÉLITON.

En ce cas, profitez de cet avertissement. Je vais à l'instant même dénoncer don Louis à la justice comme un faussaire et je vous perdrai tous! Oser se moquer de moi! Si je n'ai pas d'autres moyens de me venger, je vous dénoncerai comme francs-maçons.

(Il sort.)

SCÈNE XI.

CHARLOTTE, THÉODORE, DON FABIAN, DON LOUIS.

THÉODORE, *voulant courir après lui.*

Laissez-moi, je vais hâter sa sortie de la maison.

LOUIS, *l'arrêtant.*

Reste tranquille. Il suffit que de pareilles gens soient démasqués. Le malheur est que les lettres et les emplois ne sont pas toujours supposés et que les hommes ne sont pas tous aussi faciles à détromper que notre honorable ami.

FABIAN.

Je n'oublierai jamais cette leçon.

LOUIS.

Bien sûr?

FABIAN.

Voici la preuve de ma conversion: Théodore, embrasse ta Charlotte.

THÉODORE, *à Charlotte.*

Tu vois comme tous nos tourments ont cessé!

CHARLOTTE.

Quel bonheur inattendu!

SCÈNE XII.

LES MÊMES, JEAN.

JEAN.

Je n'ai plus rien à savoir. (*à Charlotte.*) Mademoiselle, n'oubliez pas mon cadeau de noce.

CHARLOTTE.

Non, Jean, et il sera proportionné au bonheur que j'éprouve.

FABIAN.

Tu ne m'embrasses pas, Théodore?

THÉODORE, *l'embrassant.*

De tout mon cœur.

LOUIS.

Ne vous approchez pas tant, don Fabian; il sent le soufre..

FABIAN.

Ne me faites pas rougir et ne me rappelez jamais ma faiblesse passée.

CHARLOTTE, *à don Louis.*

Nous approchons de l'heureux moment où vous allez me nommer votre fille.

LOUIS.

Avec toute la tendresse de mon ame. Mais allons nous promener un peu avant la nuit. Nos enfants s'entretiendront de leur noce, comme c'est naturel; et nous, quoique nous ne connaissions pas beaucoup de monde dans ce pays, nous nous amuserons, en regardant les passants, à compter tous les don Méliton que nous rencontrerons.

FABIAN.

Je crois qu'il n'en manquera pas.

LOUIS.

Vous l'avez reconnu. Plaise au ciel que tout le monde en fasse autant!

FIN DU POUVOIR DES PLACES.